AU PRINCE-PRÉSIDENT

# LOUIS – NAPOLÉON BONAPARTE

ÉPITRE.

AU PRINCE-PRÉSIDENT

# LOUIS-NAPOLÉON BONAPARTE.

EPITRE.

Ave, Cesar.

Non , tu n'es pas un homme à la taille ordinaire ,
Et tu l'as su prouver par ce coup de tonnerre ,
Qui nous a foudroyés d'un tel étonnement
Et dont le monde encor ressent l'ébranlement.
Plus d'un , qui t'épiait d'un regard ironique ,
Te proclame aujourd'hui de race titanique ,
Et , par le prompt succès soudain illuminé ,
Maintenant voit en Toi l'homme prédestiné.

Tout loyal adversaire au moins doit reconnaître
Que le sang glorieux dont le Ciel te fit naître
Dans tes veines jamais ne s'était engourdi.
L'intelligence forte avec un cœur hardi ;
Le génie obstiné qui grandit par la lutte,
Et, poussé vers l'abîme, ose braver la chute ;
L'irrésistible élan d'un courage indompté
Que maîtrise toujours la froide volonté ;
Cet œil d'aigle qui perce au travers de la nue
Et dans l'ombre devine une route inconnue ;
Tout nous révèle en Toi comme en ton fier parrain
L'homme puissant jeté dans un moule d'airain,
Celui qui doit laisser une trace profonde,
Châtiment ou bienfait, qu'il détruise ou qu'il fonde.
Aussi je ne viens point, dans mes vers caressants,
T'importuner d'abord de mon banal encens.
Je te crois au-dessus de ces vaines louanges
Qui fêtent tout pouvoir au sortir de ses langes.
Etranger aux partis, gardant ma liberté,
L'art est surtout mon culte après la vérité.
Mais cependant, Louis, ma fière indépendance
D'oser te conseiller n'a point l'outrecuidance

Et si je t'abordais tu lirais dans mes yeux,
Le sentiment profond d'un cœur respectueux.

———

Le Ciel, car plus d'un sage ainsi le conjecture,
A dans tes fortes mains remis la dictature.
Te voilà tout d'un coup plus qu'Empereur et Roi ;
Ton ordre, pour un temps, est la suprême loi.
DICTATURE ! ce mot courbe les fronts superbes,
Comme un souffle du vent fait incliner les gerbes.
Tes plus fiers ennemis se taisent confondus,
Et rentrés dans la foule, humbles individus,
Etouffent dans leur cœur la haine survivante.
Je ne suis pas de ceux que ce mot épouvante ;
Loin de frémir d'horreur, je ris de ces bourgeois,
Disant que sur leur front ils sentent comme un poids.
Pour notre vanité, c'est affligeant peut-être,
C'est triste à proclamer, mais il fallait un maître,
Pour sauver l'équipage épuisé de travail,
Une main d'homme enfin, qui prit le gouvernail,
Ou la tienne ou quelque autre ; or, la tienne étant prête,
A saisi le timon par le droit de conquête,

Et le vaisseau déjà court moins vîte à l'écueil.

La liberté, dit-on, murmure et prend le deuil :

Pourquoi la liberté, sans honte ni décence,

Donne-t-elle toujours la main à la licence?

Et, couvrant de son masque un front déshonoré,

Veut-elle protéger maint favori taré?

Pourquoi, de tant d'excès se rendant solidaire,

Laisse-t-elle son nom, que l'on déconsidère,

Servir de passeport au libelle infernal,

Drapeau de la révolte, ou pamphlet ou journal.

L'abus était au comble, on doit le reconnaître.


Mais plus d'un se lamente en répétant : *Un Maître!*

Un maître! Eh bien, tant mieux! c'est un maître qu'il faut,

Ingrats, pour vous sauver d'abord de l'échafaud,

Puis guérir des bavards la fièvre politique.

Est-ce un bien que chacun ait le droit de critique?

Qu'à son aise tout fat, ou poète ou maçon?

Se pose, et dédaigneux, fasse au chef la leçon?

Est-ce un bien qu'un pouvoir réduit au triste rôle

De l'enfant au maillot que toujours on contrôle,

Que veulent, épiant son moindre mouvement,

Tenir à la lisière et presse et parlement?

Tant mieux si ce régime, absurde et ridicule,

Qui du gouvernement fait un jeu de bascule,

Mécanisme confus et follement prisé,

Atteint d'un choc si rude, est à jamais brisé.

Comment donc regretter ce système funeste

Qui propageait partout l'orgueil comme la peste,

Et transformait en clubs jusqu'aux derniers hameaux,

Où se faisait sans trève une guerre de mots,

En attendant le jour, jour de sang et de larmes,

Où le tocsin lugubre appellerait aux armes?

Peut-il rien se fonder sur ce terrain mouvant

Que tourmente la presse, éternel dissolvant?

Quel pouvoir peut tenir sur la base qui croule,

S'il est livré sans cesse aux mépris de la foule,

Si du Nord au Midi, de partout à la fois,

S'élèvent contre lui de murmurantes voix?

Si les journaux haineux ont la rage du blâme,

Et sont des instruments de propagande infâme,

Ebranlant à l'envi, par d'insultants débats,

Les principes sacrés, fondement des états?

Pour avoir abusé, la presse a dû se taire :
Se plaigne qui voudra qu'on ferme le cratère
D'où chaque jour la lave, épanchée à torrents,
Creusait le sol miné par de fougueux courants !
J'approuve, quant à moi, qu'on soit inexorable.


D'un acte solennel à Dieu seul responsable.
— Car au salut du peuple, alors qu'il faut pourvoir,
De suprêmes périls naît un autre devoir ! —
Non, tu n'écoutas pas l'ambition vulgaire,
O Prince, quand ta main, qui semblait téméraire,
Soudain, comme un marteau, broya le Parlement !
Puis-je en douter d'ailleurs ? Juste est le châtiment !
Et la division fatale, opiniâtre,
Offerte obstinément sur ce vaste théâtre ;
Le scandale ennuyeux de ces faiseurs de loi,
Se combattant entre eux, mais ligués contre toi ;
Ce cahos dont je fus le témoin oculaire,
Journaliste, ont souvent provoqué ma colère.
Et souvent, indigné, j'ai murmuré tout bas :
« Maudit gouvernement et maudits avocats ! »

Maintenant, plus de bruit, plus de disputes vaines,
Plus de débats sans fin, éternisant les haines,
Et j'admire ce calme aujourd'hui si profond
Et que l'État si vite ait repris son aplomb.


L'œuvre réparatrice, ici, Prince, commence;
Ta tâche est glorieuse autant qu'elle est immense;
Car tu n'es pas au faîte, et tu n'en doutes pas,
Pour dormir ton sommeil et reposer ton bras.
Te crois-tu pas choisi, dans ta pensée intime,
Pour une mission redoutable et sublime,
Et que l'Ange de Dieu, te frayant le chemin,
Vers un but inconnu te conduit par la main?
César chrétien, jamais rôle plus magnifique,
D'un cœur comme le tien, intrépide, héroïque,
A-t-il tenté jamais la fière ambition?
Refouler dans son lit la Révolution
Dont le flot bouillonnant, de plus en plus immonde,
Menaçait de couvrir et la France et le monde,
Et creuser hardiment, comme un gouffre sans fond,
Pour cette vile écume, un lit vaste et profond;

Préserver le pays de ces crises suprêmes,

Où, noyés dans le sang, s'affaissant sur eux-mêmes,

Les Etats qu'au dedans déchirent maints discords,

Par un cercle de feu sont pressés au dehors ;

Relever le Pouvoir, déchu par sa faiblesse,

Hochet des parlements et jouet de la presse ;

Aux yeux du Peuple entier rendre à l'Autorité

Son éclat primitif et sa forte unité ;

Tels sont les grands desseins, que, féconde et sensée,

Dans le calme sans doute a mûris ta pensée.

Quel homme au regard d'aigle, à la droite raison,

Vit devant lui s'ouvrir un plus large horizon ?


Mais pour donner, enfin, le repos à la France,

Il te faudra, Louis, force et persévérance,

Et l'Astre au Firmament aura lui plus d'un jour.

Nous aurons bien des fois salué son retour,

Avant que, sans ouïr un bruit sourd de tempête,

Libre de tout souci, tu reposes ta tête.

Ces horreurs qui, soudain, ont fait explosion,

Dont le récit paraît comme une vision,

Ces hordes de bandits, le rebut du village,
Arborant à l'envi le drapeau du pillage,
Qu'on voit, le sac au dos, courir pour le butin,
Comme les noirs corbeaux, volant à leur festin,
Tant d'excès à la fois accusent, dans les âmes,
Le progrès souterrain des doctrines infâmes.
Nos chefs vaillants, suivis d'héroïques soldats,
Vengeurs des lois, partout, traquent les scélérats ;
Mais ce n'est point assez pour qu'à jamais fermée
Se guérisse la plaie affreuse, envenimée.
Que la force pour Toi, sublime dictateur,
Soit l'instrument aux mains du sage opérateur,
Se servant tour à tour, du fer et de la flamme,
Pour ouvrir le passage au bienfaisant dictame !
Frappe, non sans pitié, mais du moins sans remords,
Le membre gangrené pour préserver le corps !
Si le péril public n'apparaissait immense,
Il te serait plus doux d'écouter la clémence ;
Il faut, pour l'interdire à ton cœur généreux,
L'inexorable loi d'un devoir rigoureux.
Car le mal est profond, grâce aux folliculaires,
Qu'on a vus, de la foule ameutant les colères,

Caresser bassement, en insultant les Rois,

Le misérable orgueil du peuple et des bourgeois ;

Ou plus honteusement, détestables complices,

Courtisans effrontés, glorifier les vices,

Nourrir les passions par d'obscènes tableaux,

Et, sans remords, verser le poison à grands flots.

Aussi dans tous les rangs, de la plus haute classe

Jusqu'au troupeau flétri du nom de populace,

Du sommet à la base, infectant tous les cœurs,

La dépravation déshonore nos mœurs.


Quand les maux sont au comble, il faut de prompts remèdes

Prince, tu l'as compris, loin qu'au torrent tu cèdes,

Plus d'un acte déjà, noblement décrété,

Nous atteste à la fois sagesse et fermeté.

Trop longtemps un Pouvoir, dependant du caprice,

A ménagé l'orgueil, ou l'erreur ou le vice ;

Ose, prenant conseil de ta saine raison,

Ose, quand il le faut, nous sévrant du poison,

Prodiguer l'antidote et les électuaires.

De nos colléges fais autant de sanctuaires

Où , de tout souffle impur avec soin abrité ,

L'enfant grandisse en paix , sûr de la vérité.

Des lettres et des arts l'infamie est notoire ;

Exhumant à plaisir les hontes de l'histoire ,

Sur le scandale même on fonde le succès ;

Que l'austère censure arrête ces excès !

Que les postes brillants, l'honneur, la confiance,

Soient du mérite seul la juste récompense !

Que les hautes vertus de quiconque est puissant

Commandent le respect au peuple obéissant !

A la Religion pour toi reconnaissante

Et qui bénit ta foi courageuse, agissante ,

Donne, non la faveur périlleuse parfois,

Mais cette liberté que protègent les lois,

Qui, pour elle jamais ne sera la licence.

Les Rois ont oublié, jalousant sa puissance ,

Qu'il n'est point de respect et point d'autorité,

Si Dieu, le roi des rois, n'est d'abord respecté.


Ainsi, Prince, certain de l'amour populaire,

Tu n'as point des partis à craindre la colère.

Invincible malgré les folles passions,
Tu verras à tes pieds mourir les factions :
L'hydre en vain se débat quand la tête est coupée.
T'appuyant à la fois sur la croix et l'épée,
Des ennemis divers tu braveras l'effort,
Et rendras à la France un Pouvoir calme et fort :
Pareil au cap qu'on voit, quand la tempête gronde,
Inébranlable au choc de la vague profonde,
Et qui montre toujours à l'œil des matelots
Le phare, sur sa crète, illuminant les flots.

---

Un lugubre avenir se levait sur la France,
Et déjà tous les cœurs s'ouvrent à l'espérance,
Prince, et l'on se promet de plus beaux jours encor,
Dans ce siècle de fer un nouvel âge d'or.
Notre chère patrie, au dedans divisée,
Et pour l'Europe objet de crainte ou de risée,
Noble et fière, soudain a reconquis son rang.
Ce n'est plus aujourd'hui la lave ou le torrent
Contre lequel chacun élevait des barrières,
Plus de coalisés menaçant nos frontières !

La jalouse Albion se montre plus courtoise ;
Mais qui peut estimer la foi carthaginoise ?
Et je crois plus loyaux le Russe et le Germain,
Fiers, par leurs envoyés, de nous tendre la main.
Certaine de la paix sous un chef intrépide,
D'une ère de bonheur inouïe et splendide,
La France, qui renaît, voit l'aube avec transport,
Semblable au naufragé qui dit : Voilà le port !
Et, sauvé des écueils, surgit au promontoire.
Elle a mis dans tes mains sa fortune et sa gloire,
Sûre d'elle et de toi, Louis, quand tu promets,
Que ce dépôt sacré n'y périra jamais.
Le Sphinx te pose en vain maint terrible problème,
Poursuis ton œuvre en paix, Législateur suprême,
Tu sauras les résoudre, et, sans forcer la main
Aux Crésus de la Banque, à tous donner du pain ;
Tu seras, conseillé toujours par la prudence,
Pour qui souffre ou travaille une autre Providence.
Honorant le marchand comme l'agriculteur,
Tu ne laisseras pas les arts sans protecteur.
Il est beau d'être grand, mais plus beau d'être juste,
Nous admirons César, on adorait Auguste.
Partout la défiance a fait place au respect.
La première, abaissant un pavillon suspect,

Comme un homme allégé d'un immense fardeau,
La France, que tu prends sur le bord du tombeau,
Respire, et quand tu cours au cri de sa détresse,
Héroïque soutien, t'accueille avec ivresse,
Trop de fois, éperdue, elle attendit en vain
L'appui de ces roseaux qui lui manquent soudain ;
Continue et maintiens cette forte tutelle,
Implacable aux méchants, pour les bons paternelle,
Bientôt tous fêteront le régime nouveau,
Et le flot bouillonnant reprendra son niveau.
Même aux yeux des prudents qu'effrayait ton audace,
Qui te jugeaient pareil à l'ouragan qui passe,
Absous par ta sagesse et grâce au résultat,
Tu paraîtras, un jour, le sauveur de l'Etat.
Bientôt ceux qu'aujourd'hui le soupçon éparpille,
Viendront comme les fils d'une même famille,
Et la mère commune, entre ses bras bénis,
Pressera ses enfants heureux et réunis.
Là même où l'on comptait les Caïns par centaines,
Un peuple fraternel, en abjurant ses haines,
Sous la main du pasteur sera comme un troupeau ;
La France n'aura plus qu'un cœur et qu'un drapeau.

BATHILD BOUNIOL.

*8 Janvier* 1852.

Cambrai.—Imp. de P. Lévêque.